Celeste,
el hada
azul

Para todas las personas que creen en las hadas

Un agradecimiento muy especial a
Sue Bentley

Originally published in English as *Rainbow Magic: Sky the Blue Fairy*

Translated by María Cristina Chang

ISBN 978-0-545-27415-9

Text copyright © 2003 by Rainbow Magic Limited.
Illustrations copyright © 2003 by Georgie Ripper.

All rights reserved. Published by Scholastic Inc.,
557 Broadway, New York, NY 10012, by arrangement with Rainbow Magic Limited.

12 11 10 9 8 7 6 5 4 3 2   11 12 13 14 15 16/0

Printed in the U.S.A   40

First Scholastic Spanish printing, January 2011

Celeste,
el hada
azul

por Daisy Meadows

ilustrado por Georgie Ripper

SCHOLASTIC INC.
New York Toronto London Auckland
Sydney Mexico City New Delhi Hong Kong

Palacio del
Reino de las
Hadas

Laberinto

Bosque

Huerto

Olla

Prado

Torre

Playa

Zona de mareas

Isla Lluvia Mágica

Que sople el viento, que haya hielo.

Creo una tormenta y no tengo miedo.

A las hadas del arco iris las he mandado

a las siete esquinas del mundo humano.

Miro el reino y yo solo me río.

porque está gris y siempre habrá frío.

En todas sus esquinas y rincones,

el hielo quemará los corazones.

Rubí, Ámbar, Azafrán y Hiedra están
fuera de peligro. Ahora Raquel y Cristina
deberán encontrar a
Celeste, el hada azul.

Contenido

Un mensajero mágico   1

Una burbuja en problemas   13

Duendes sobre el hielo   21

Un cangrejito con grandes ideas   35

De regreso a la olla   45

El círculo de hadas   53

Un mensajero mágico

—¡El agua está tibia! —dijo Raquel Walker sonriendo.

Estaba sentada en una roca, agitando con un pie el agua cristalina de una de las marismas de la isla Lluvia Mágica. Su amiga, Cristina Taté, caminaba muy cerca de ella buscando caracolas entre las rocas.

—Ten cuidado de no resbalarte, Cristina
—gritó la Sra. Tate, que estaba un poco más
lejos en la playa sentada junto a la mamá
de Raquel.

—¡Está bien, mamá! —respondió Cristina.
La chica bajó la mirada para mirar sus
pies descalzos y vio algo azul brillante
debajo de un manojo de algas marinas.

—¡Raquel, ven acá! —gritó.

Raquel se acercó a Cristina.

—¿Qué pasa? —preguntó.

Cristina apuntó hacia las algas.

—Hay algo azul debajo de esas algas
—dijo—. Me pregunto si es…

—¿Celeste, el hada azul? —dijo Raquel
emocionada.

Unos días antes, Raquel y Cristina habían
descubierto un secreto. Jack Escarcha había
hechizado y expulsado a las siete hadas del
arco iris del Reino de las Hadas. Ahora, se
encontraban escondidas en la isla Lluvia
Mágica. El Reino de las Hadas no
recuperaría los colores hasta que todas las
hadas estuvieran reunidas. Raquel y
Cristina les habían prometido al Rey y a la
Reina del Reino de las Hadas que ellas las
encontrarían.

Las algas se movieron nuevamente.

Raquel sintió que el corazón le dio un salto.

—Quizás el hada esté enredada en esas algas —susurró—, como le pasó a Hiedra cuando aterrizó en la enredadera de la torre.

Hiedra era el hada verde. Raquel y Cristina ya habían encontrado a Hiedra, Rubí, Ámbar y Azafrán.

De repente, un cangrejo apareció entre las algas que estaban a los pies de Cristina.

El cangrejo era de un azul brillante y resplandecía como un pequeño arco iris. No se parecía a ninguno de los otros cangrejos de la playa.

Cristina y Raquel sonrieron. Seguramente era otra de las curiosidades de la isla Lluvia Mágica.

—¡El hada está en problemas! —murmuró el cangrejo. Su vocecita sonaba como si fueran dos guijarros que se rozaban uno contra el otro.

—¿Escuchaste eso? —preguntó Raquel a su amiga.

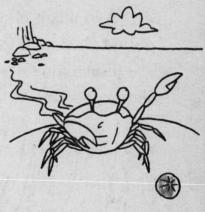

El cangrejo miró a las chicas y se paró sobre sus pinzas traseras.

—¿Qué hace? —preguntó Cristina sorprendida.

El cangrejo señaló con una de sus pinzas unas rocas que estaban cerca de la playa, bajo los acantilados. Caminó varios pasos apresuradamente, luego regresó y volvió a mirar a Raquel y a Cristina.

—Por allá —dijo el cangrejo.

—Creo que quiere que lo sigamos —dijo Raquel.

—¡Sí, sí! —dijo el cangrejo chasqueando sus pinzas. Luego empezó a corretear a través de una roca grande y plana.

—A lo mejor él sabe dónde está Celeste —dijo Cristina a Raquel.

—Espero que sí —respondió Raquel ilusionada.

El cangrejo salió de las rocas y caminó a través de la arena. Raquel y Cristina lo seguían.

Era un día soleado y caluroso. Las gaviotas sobrevolaban la playa con sus fuertes y blancas alas.

—¡Raquel, Cristina, es casi la hora del almuerzo! —gritó la Sra. Walker—. Vayamos a la cabaña.

Cristina miró a Raquel preocupada.

—Debemos quedarnos aquí para buscar al hada azul —susurró.

El cangrejo no paraba de caminar, bordeando pequeñas bolas de arena.

—Síganme, síganme —decía.

Las chicas no podían abandonarlo.

En ese momento, a Raquel se le ocurrió una idea.

—¡Mamá! —dijo Raquel—. ¿Podemos hacer un picnic aquí en la playa en lugar de regresar a la cabaña?

La Sra. Walker sonrió.

—Claro que sí —respondió—. Es un día hermoso y debemos aprovechar al máximo nuestros últimos tres días de vacaciones. Iré a la cabaña con la mamá de Cristina para preparar sándwiches. Y ustedes, chicas, no se metan al agua hasta que nosotras regresemos, ¿entendido?

"Sólo tres días —pensó Cristina—, y todavía nos faltan tres hadas del arco iris por encontrar: Celeste, Tinta y Violeta".

Las chicas se despidieron de sus mamás, que ya iban camino a la cabaña.

—Debemos apurarnos. Muy pronto estarán de regreso —dijo Cristina.

El cangrejo emprendió el camino
nuevamente, esta vez sobre una enorme roca
muy resbalosa. Raquel y Cristina iban
detrás de él, trepando con cuidado. El
cangrejo se detuvo al lado de una pequeña
marisma llena de caracolas rosadas muy
hermosas.

—¿Está el hada en esta marisma? —preguntó Raquel al cangrejo.

El cangrejo miró hacia el agua y se rascó la cabeza con una de sus pinzas. Parecía confundido. Luego siguió correteando.

—Me parece que no —dijo Cristina.

—¿Y aquí? —dijo Raquel parándose cerca de otra marisma en la que nadaban pequeños peces plateados.

El cangrejo hizo un gesto y siguió caminando.

—Tampoco —dijo Cristina.

De repente, Raquel vio una gran marisma que estaba al pie del acantilado.

—Busquemos allá —dijo.

Las chicas salieron corriendo.

El cielo se reflejaba en el agua, haciendo que pareciera un espejo azul brillante.

Raquel se acercó a la marisma y se inclinó para ver de cerca.

El cangrejo corría a toda prisa detrás de las chicas, moviendo sus ojitos sin parar. Cuando llegó a la marisma, metió una pinza en el agua, y esta burbujeó como si fuera una soda.

—¡Hada! —gritó el cangrejo, sacando la pinza del agua.

Chispitas azules goteaban de la pinza del cangrejo y aterrizaban en el agua de la marisma creando más burbujas. ¡El agua parecía mágica!

Una burbuja en problemas

—¡Gracias, cangrejito! —dijo Raquel
mientras se agachaba para acariciarle el
caparazón.

El cangrejo se despidió y luego se lanzó
al agua. Se hundió en el fondo arenoso y
desapareció bajo las algas.

Cristina le echó un vistazo al agua.

—¿Ves al hada azul, Raquel? —preguntó.

Raquel negó con la cabeza.

—Yo tampoco —dijo Cristina decep-cionada.

—¿Crees que los duendes de Jack Escarcha la encontraron? —preguntó Raquel.

—Espero que no —dijo Cristina un poco preocupada—. Esos duendes harían todo lo posible para evitar que las hadas del arco iris regresen al Reino de las Hadas.

En ese momento, Raquel y Cristina escucharon una voz muy dulce que cantaba una canción: "Las estrellitas del cielo, cuéntalas de dos en dos…".

—¡Suena tan bonito! —dijo Raquel emocionada—. ¿Crees que sea el can-grejito?

Cristina negó con la cabeza.

—¿Acaso no te acuerdas de su voz? —respondió.

—Tienes razón —dijo Raquel—. Esa voz suena ¡como la de un hada!

—Y me parece que viene de esa alga —dijo Cristina apuntando hacia la marisma.

Raquel vio algo extraño entre las algas.

—¡Mira! —dijo.

En ese momento, una gran burbuja se acercaba a la superficie del agua.

Raquel y Cristina la observaron emocionadas.

¡Dentro de la burbuja había una chica diminuta

que las saludó mientras sacudía sus coloridas alas!

—¡Es ella! —dijo Cristina—. ¡Encontramos a Celeste, el hada azul!

El hada presionó su mano contra la burbuja. Llevaba un vestido corto de color azul brillante y botas del mismo color hasta las rodillas. Todos sus accesorios tenían forma de estrella.

—¡Ayúdenme, por favor! —dijo Celeste.

Su vocecita sonaba como si fueran burbujas que explotan en el aire.

De repente, una brisa fría envolvió a Raquel y a Cristina. Una sombra oscura cubrió la marisma y el agua azul brillante se volvió gris, como si una enorme nube hubiera tapado el sol.

Raquel miró hacia el cielo. El sol seguía brillando en lo alto.

—¿Qué pasa? —gritó.

Cristina escuchó un extraño chasquido y miró a su alrededor asustada.

Una capa de hielo comenzaba a formarse sobre las rocas que las rodeaban.

—Los duendes de Jack Escarcha deben estar muy cerca —dijo Cristina.

El hielo empezaba a cubrir la marisma y Celeste, en su burbuja, temblaba de frío.

—¡Ay, no! ¡Celeste va a quedar atrapada! —gritó Cristina.

La burbuja dejó de flotar en el agua y se detuvo congelada en el hielo. Raquel y Cristina podían ver lo asustada que estaba el hada azul.

—¡Pobre Celeste! Tenemos que sacarla de ahí —dijo Raquel—. Pero, ¿cómo vamos a derretir el hielo?

—Ya sé —dijo Cristina—. Busquemos en nuestras bolsas mágicas.

La Reina de las Hadas les había dado a Raquel y a Cristina unas bolsas con objetos muy especiales para que los usaran si las hadas estaban en peligro.

—¡Claro! —dijo Raquel, pero luego se dio cuenta de la situación—. Dejé las bolsas en mi morral, allá en la playa.

Duendes sobre el hielo

—Ya vengo. Voy a buscar las bolsas mágicas —dijo Raquel poniéndose rápidamente de pie.

—Está bien —dijo Cristina mientras se soplaba las manos para calentarlas. La escarcha enfriaba cada vez más el aire—. Pero apúrate. Yo me quedaré con Celeste.

—Tenlo por seguro —prometió Raquel.

La chica atravesó las rocas con dificultad y luego corrió sobre la arenosa playa.

El morral de Raquel estaba justo donde lo había dejado. Metió la mano en el mismo y sacó una bolsa mágica que brillaba con una tenue luz dorada. Cuando la abrió, apareció una nube de chispitas. Raquel buscó en la bolsa. Había algo adentro, algo tan liso como un guijarro. Lo sacó y miró detenidamente. Era una piedra azul pequeña en forma de gota.

Raquel no sabía qué pensar. La piedra era hermosa, pero ¿cómo podría usarla?

En ese momento, la piedra azul comenzó a brillar en su mano. Se ponía cada vez más caliente, tanto que era casi imposible sostenerla. También comenzó a cambiar de color. Mientras más caliente, más roja se ponía. Raquel sujetó la piedra con fuerza en su mano y sonrió. Podría usarla para derretir el hielo y liberar a Celeste.

Raquel regresó a la marisma corriendo, pero cuando llegó allí se quedó paralizada. Cristina seguía parada al lado de la marisma donde estaba Celeste, pero ahora estaba acompañada. Dos horribles duendes

patinaban sobre el hielo que se había
formado en la charca.

—¡Váyanse de aquí! —gritaba Cristina a
los duendes.

La chica parecía muy enojada. Raquel,
por su parte, ya no estaba tan preocupada.
Ahora tenía con qué luchar contra los
malvados duendes.

—¡Vete tú! —gritó uno de los duendes,
patinando con los brazos extendidos y sobre
un solo pie.

Cristina trató de atrapar a uno de ellos, pero se le escapó.

—No podrás atraparme —gritó el muy villano.

—¡Ja, ja! El hada no podrá salir de la burbuja —dijo el otro duende riéndose.

—La vamos a sacar de ahí —dijo Cristina—. Vamos a encontrar a *todas* las hadas del arco iris y el Reino de las Hadas

volverá a brillar con todos los colores del arco iris.

—Eso no va a suceder —dijo un duende arrugando la nariz y sacando la lengua.

—La magia de Jack Escarcha es muy fuerte —dijo el otro duende—. Ustedes, chicas, no podrán contra ella. Ahora, miren lo que puedo hacer.

El duende estiró una pierna hacia atrás y empezó a dar vueltas por toda la charca. Pero el hielo estaba tan resbaladizo que se tambaleó y chocó contra su amigo.

¡Pum!

—¡Torpe! —gritó un duende.

—Debiste quitarte de mi camino
—refunfuñó el otro duende, sobándose la
pierna.

Los duendes trataron de ponerse de pie,
pero no podían mantener el equilibrio.
Raquel aprovechó esa oportunidad para
correr hacia el borde de la marisma y
lanzar la piedra mágica al hielo.

De repente, se escuchó un ruido. Una
lluvia de chispitas doradas inundó el aire y

el hielo comenzó a derretirse. Un hueco inmenso apareció en el medio del hielo de la charca.

—¡Auch! ¡Qué caliente! —gritaban los duendes resbalándose en el hielo.

Los muy malvados lograron arrastrarse hacia el borde de la marisma y salieron corriendo.

—¡Menos mal que ya se fueron! —dijo Cristina aliviada.

Raquel miró hacia el agua.

—Espero que Celeste esté a salvo —dijo.

El hielo se había derretido y el agua reflejaba de nuevo el cielo azul. La burbuja en la que viajaba Celeste flotaba justo por debajo de la superficie.

Raquel vio a Celeste, que estaba sentada dentro de la burbuja observando todo lo que pasaba a su alrededor. Parecía muy asustada.

Cristina metió la mano en el agua, que todavía se sentía tibia.

—No tengas miedo, Celeste —dijo.

Con mucho cuidado, la chica rompió la burbuja con la punta del dedo.

¡Pop!

Celeste cayó al agua, pero inmediatamente nadó hacia la superficie. Su cabello dorado bailaba en el agua.

Cristina se inclinó y la sacó de la charca. Luego, la colocó con mucho cuidado sobre una roca bajo el sol. El hada parecía una hojita mojada.

—Aquí estarás bien, pequeña —susurró Cristina.

Celeste intentó sentarse. Le chorreaba agua por todas partes, pero no desprendía chispitas azules.

—Gracias por ayudarme —susurró débilmente.

Cristina frunció el ceño y miró a Raquel.

—Aquí pasa algo raro —dijo Cristina—.
Todas las hadas que hemos encontrado
sueltan polvo de hada. ¿Dónde están las
chispitas de Celeste?

—No lo sé —dijo Raquel—. Además, se
ve muy pálida.

Y era cierto. El vestido de Celeste era tan
pálido que las chicas apenas podían notar
su color azul.

Cristina se mordió los labios.

—Parece que la magia de Jack Escarcha funcionó —dijo Cristina.

En ese instante, el cangrejo azul salió del agua y se dirigió a Celeste.

—¡Qué desgracia! —murmuró el cangrejo—. ¡Pobre hada!

Celeste sentía escalofríos y estaba acurrucada.

—Tengo mucho frío y sueño —dijo.

Cristina se preocupó.

—¿Qué te sucede, Celeste? —preguntó—. ¿Acaso los duendes estuvieron demasiado cerca de ti?

Celeste asintió débilmente con la cabeza.

—Sí, y ahora no logro calentar mi cuerpo —dijo.

—Tenemos que ayudarla —dijo Raquel.

—Pero, ¿cómo? —preguntó Cristina.

El hada estaba acurrucada como una bolita y tenía los ojos cerrados.

Raquel sentía que las lágrimas asomaban por sus ojos.

Pobre Celeste. Parecía tan enferma...

Un cangrejito con grandes ideas

Raquel vio que algo se movía en la roca. El cangrejito azul agitaba sus pinzas para llamar la atención.

—¡Mira! —dijo Raquel.

—Está tratando de decirnos algo —dijo Cristina.

Las chicas se agacharon.

☆✲✩✲✩✲✩✲✩✲✩

—No se preocupen —dijo el cangrejo con su voz ronca—. Mis amigos nos ayudarán.

El cangrejito corrió hacia la roca más alta y comenzó a chasquear sus pinzas en el aire.

—¿Qué está haciendo? —preguntó Cristina.

De pronto, miles y miles de cangrejos de todos los tamaños y de diferentes colores

comenzaron a salir de las charcas. Sus pinzas producían un ruido muy peculiar al caminar.

El cangrejo azul movía los ojos de un lado a otro, chasqueaba las pinzas y señalaba primero al cielo y, luego, al suelo. Sus amigos correteaban y trepaban en todas las direcciones. Movían los ojos sin parar y metían sus pinzas en las grietas de las rocas.

Raquel y Cristina no entendían lo que sucedía.

—¿Pero qué hacen? —preguntó Raquel.
De repente, Cristina vio a un cangrejito
rosado sacando algo de una
roca.

Un minuto después, el
cangrejito cayó boca
arriba. Sostenía con una
de sus pinzas una pluma
blanca de gaviota. El
cangrejito logró
incorporarse mientras
la pluma se movía en
el aire.

Los otros cangrejos
empezaron a buscar más plumas. Luego, el
cangrejo azul les hizo señas para que fueran
hacia la roca donde estaba Celeste. Con
mucho cuidado, los cangrejos comenzaron a
poner las plumas debajo y encima del hada
azul. Los otros cangrejitos no paraban de

buscar plumas para que el hada tuviera con qué calentarse.

—Están tratando de calentar a Celeste —dijo Cristina.

Raquel estaba muy sorprendida. Había tantas plumas que ahora ni siquiera podía ver a la pequeña hada.

"¿Funcionaría la idea del cangrejo azul?", se preguntó.

De pronto, una tenue nube de chispitas azules salió disparada hacia el cielo desde la cama de plumas que habían construido los cangrejos.

Las chispitas soltaban un dulce aroma de arándanos. Una pequeñísima estrella azul se tambaleó en el aire y luego desapareció en un instante.

—¡Polvo de hada! —susurró Raquel.

—Pero es solo un poco —dijo Cristina.

A continuación, las plumas dieron paso al hada azul, aún con su vestido azul pálido.

El hada abrió sus grandes ojos azules, se sentó y miró a Raquel y a Cristina.

—Hola, soy Celeste, el hada azul. ¿Quiénes son ustedes? —dijo muy bajito.

—Cristina y Raquel —contestaron las chicas.

—Gracias por espantar a los duendes —dijo Celeste—. Y gracias, cangrejito, por conseguir todas estas plumas calentitas.

El hada trató de abrir sus alas, pero aún estaban muy arrugadas.

—Mis pobres alas —dijo con los ojos llenos de lágrimas.

—Las plumas te calentaron, pero veo que aún no puedes volar —dijo Cristina.

—Quizás las otras hadas puedan ayudar
—dijo Raquel.

Celeste las miró emocionada.

—¿Saben dónde están mis hermanas?
—preguntó.

—Sí —dijo Cristina—. Hasta ahora
hemos encontrado a Rubí, Ámbar, Azafrán
y Hiedra.

—Están a salvo en la olla que está al final
del arco iris —agregó Raquel.

—Por favor, ¿podrían llevarme hasta
donde están mis hermanas? —preguntó
Celeste—.
Estoy segura
de que ellas
podrán
ayudarme.

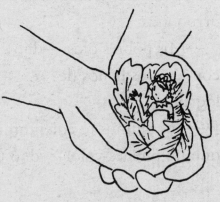

El hada
intentó ponerse
de pie, pero las

piernas le temblaban tanto que tuvo que sentarse.

—Yo te llevaré —dijo Raquel.

La chica levantó el nido de plumas donde se encontraba el hada.

Celeste se despidió del cangrejito azul y sus amigos.

—¡Adiós! —dijo el hada—, y gracias otra vez por ayudarme.

—Adiós, adiós —dijo el cangrejo azul agitando una pinza.

Los otros cangrejos también se despidieron. Sus ojos brillaban de orgullo porque nunca antes habían ayudado a un hada del arco iris.

Cristina y Raquel se miraron. Celeste había sido muy valiente. Los duendes habían estado muy cerca de ella, más cerca que de ninguna otra hada del arco iris. Y ahora, el hada apenas comenzaba a mostrar su hermoso color azul.

De regreso a la olla

Raquel y Cristina caminaron apresuradas a través de la playa en dirección al bosque. Raquel llevaba a Celeste con mucho cuidado. El hada iba acurrucada entre las plumas calentitas.

—Este es el claro con el sauce llorón —dijo Cristina.

El olor a naranjas flotaba en el aire y les hacía cosquillas en las narices a las chicas. Raquel miró a su alrededor hasta que vio a una pequeña hada sobrevolando unas margaritas. El hada recogía el néctar de las flores en una taza hecha de una bellota.

—¡Mira! —dijo Raquel—. Es Ámbar, el hada anaranjada.

—Hola, Raquel y Cristina —dijo el hada aterrizando en el hombro de Raquel.

Cuando Ámbar vio a Celeste acostada en la mano de la chica, gritó:

—¡Ay, no, Celeste! ¿Qué te pasó? Tengo que avisar inmediatamente a mis hermanas.

El hada agitó su varita y una estela de brillantes burbujas anaranjadas se esparció por el aire.

Las otras hadas del arco iris aparecieron
en un segundo. El aire brillaba con polvillo
de hada rojo, anaranjado, amarillo y verde,
mientras que miles de burbujas, flores,
pequeñas mariposas y hojas adornaron la
hierba.

Raquel y Cristina observaron cómo las
hadas rodearon a Celeste. El hada azul se
sentó y sonrió débilmente, feliz de ver a sus
hermanas. Luego, volvió a acostarse en su
nido de plumas.

—¡Ay, Celeste! —gritó Hiedra, el hada verde.

—¿Por qué estás tan pálida? —preguntó Ámbar.

—Los duendes estuvieron muy cerca de ella —explicó Raquel—. Congelaron el agua de la marisma y Celeste quedó atrapada en una burbuja bajo el hielo.

—¡Qué horror! —dijo Ámbar.

—Cristina intentó atrapar a los duendes —susurró Celeste.

—Gracias, Cristina. Eres muy valiente —dijo Rubí, el hada roja, y luego salió volando—. Tenemos que pensar en algo para ayudar a Celeste. Quizás Beltrán nos pueda aconsejar —añadió.

Las hadas volaron hacia el sauce llorón,
sus brillantes alas resplandecían bajo el sol.
Raquel y Cristina aún llevaban a Celeste en
su nido de plumas.

La olla al final del arco iris estaba debajo
de las ramas de un enorme sauce. Las hadas
del arco iris vivirían en ella hasta que las
siete hermanas fueran encontradas y
pudieran regresar al Reino de las Hadas.

Cuando Raquel puso a Celeste al lado de
la olla, una rana verde enorme apareció
saltando.

—¡Señorita Celeste! —dijo Beltrán muy
contento.

—Hola, Beltrán —dijo Celeste y sonrió débilmente.

—Los duendes estuvieron muy cerca de Celeste y ahora ella tiene demasiado frío —explicó Hiedra—. Debemos hacer algo para que se caliente y recupere su color.

Beltrán parecía muy preocupado.

—Los duendes de Jack Escarcha son muy crueles —dijo—. Ustedes deben permanecer

cerca de la olla para que yo las pueda
proteger.

—No te preocupes —dijo Ámbar dándole
un abrazo a Celeste—. Pronto te vas a sentir
mejor.

Celeste asintió con la cabeza, pero no dijo
nada. Sus ojos comenzaban a cerrarse.
Estaba tan pálida que sus brazos y piernas
eran casi transparentes.

Raquel y Cristina observaban cómo el
resto de las hadas del arco iris se miraban
preocupadas.

—Ay, Beltrán, ¿y si los duendes le hicieron
mucho daño a Celeste? —preguntó Hiedra—.
¿Qué podemos hacer para salvarla?

El círculo de hadas

Beltrán se quedó pensativo.

—Creo que es hora de que las hadas hagan un hechizo —dijo.

Ámbar frunció el ceño.

—A lo mejor no resulte con solo cuatro de nosotras. La magia del arco iris necesita a las siete hadas —dijo.

—Debemos intentarlo —dijo
Rubí—. Quizás podamos
realizar un *pequeño*
hechizo. Rápido,
hagamos un círculo
de hadas.

Las hadas del
arco iris agitaron
sus alitas y
formaron un
círculo en el aire,
encima de su
hermana Celeste.

Raquel vio a una
abeja reina de rayas
blancas y amarillas y
a una ardilla gris
observando desde el
borde del claro.

—Reinita y Peludín han venido a ver el hechizo —dijo a Cristina. Reinita, la abeja, había ayudado a Azafrán a recuperar su varita cuando los duendes se la robaron; y Peludín, la ardilla, trasladó a Hiedra, Raquel y Cristina de regreso a la olla cuando los duendes las estaban persiguiendo.

—¡Preparadas, hermanas! —dijo Rubí.

Luego, levantó su varita y recitó: "Un círculo de hadas

☆ ⁕ ☆ ☆ ⁕☆ ⁕☆

formamos para devolver a Celeste el azul
amado".

Las otras hadas movieron sus varitas
haciendo que polvillo de hada rojo,
anaranjado, amarillo y verde se esparciera
en el aire y cubriera a Celeste, que seguía
acostada en el nido de plumas.

—¡Mira! —dijo Cristina. A través de la nube
de polvo, la chica había visto que el vestido y
las botas de Celeste recobraban su hermoso

color azul—. El hechizo
está funcionando —añadió.

¡*Suish*!

Una nube de estrellas
azules brillantes se alzó en
el aire. Las estrellas se dispersaron por
el cielo y desaparecieron en
un segundo.

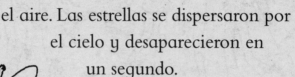

—¡Lo logramos!
—dijo Ámbar dando
una voltereta en el aire
mientras Azafrán
aplaudía de alegría.

—¡Hurra por las hadas
del arco iris! —gritó Rubí.

Celeste bostezó y se sentó.
Se quitó las plumas de
encima, miró su ropa y su
rostro se iluminó. ¡Su vestido
era azul!

—Ahora mis alas están fuertes y puedo
volar —dijo.

El hada azul sacudió dos veces las alas y
salió volando a toda velocidad. Dio una
vuelta en el aire y sus alas destellaron los
colores del arco iris.

—¡Gracias, hermanas! —dijo llena de
alegría.

Las hadas del arco iris rodearon a Celeste para abrazarla y besarla. El aire alrededor de ellas brillaba con polvillo de muchos colores.

Raquel y Cristina sonreían.

Hiedra descendió hasta el suelo y recogió un puñado de plumas de gaviota.

—¡Nunca más necesitarás estas plumas! —dijo sonriendo mientras le hacía cosquillas a Celeste con una pluma blanca muy larga.

—Pero creo que sé qué hacer con ellas —dijo Celeste.

El hada aterrizó en el borde de la olla y se asomó adentro.

—¡Es muy acogedora! —dijo al observar las pequeñas sillas y mesas hechas con ramitas y la gran cama de cáscara de nuez.

Celeste revoloteó alrededor de las plumas y las amontonó.

—Pienso que podríamos ponerlas en nuestra cama. Son muy suaves y calentitas.

Las hadas sonrieron.

—Gracias, Celeste. ¡Que buena idea! —dijo Rubí.

—Hagamos una fiesta de bienvenida con fresas silvestres y jugo de trébol —dijo Hiedra.

Ámbar dio otra voltereta en el aire.

—¡Hurra! Raquel y Cristina, ustedes también están invitadas —dijo.

—Gracias, pero tenemos que irnos —dijo Raquel y miró el reloj—. Nuestras mamás nos esperan en la playa.

—Ay, tienes razón —dijo Cristina desilusionada porque no probaría la comida de hada. Aunque tampoco quería preocupar a su mamá—. ¡Adiós! Nos veremos pronto.

Las hadas se sentaron en el borde de la olla y se despidieron de las chicas. Reinita, Peludín y Beltrán también se despidieron de ellas.

—¡Adiós!

Celeste revoloteaba por encima de
Raquel y Cristina mientras las chicas
emprendían su camino de regreso a la
playa. Un pequeño arco iris brillaba en sus
alas. Su vestido y sus botas resplandecían
con un color azul brillante y el olor a
arándanos perfumaba el aire.

—Muchas gracias, Raquel y Cristina
—dijo—. Ahora están a salvo cinco hadas
del arco iris.

—También encontraremos a Tinta y a
Violeta —dijo Cristina—. Te lo prometo.

—Así será —dijo Raquel.

Cuando se quedaron solas, Raquel miró a Cristina.

—¿Crees que podremos encontrarlas a tiempo? Solo nos quedan dos días de vacaciones y los duendes están cada vez más cerca. Hoy casi atrapan a Celeste.

Cristina apretó la mano de su amiga y sonrió.

—No te preocupes. Nada podrá detenernos. ¡Cumpliremos con lo que les prometimos a las hadas del arco iris!

Rubí, Ámbar, Azafrán, Hiedra
y Celeste están a salvo.
Pero, ¿dónde estará

Tinta, el hada índigo?

¡Queda muy poco tiempo!
Únete a las aventuras de
Raquel y Cristina
en este adelanto del próximo libro…

El comienzo de un cuento de hadas

—Lluvia, lluvia, para de llover —dijo Raquel
Walker y dio un suspiro—, que salga el sol
para correr.

Raquel y su amiga, Cristina Tate, miraban
a través de la ventana del ático de la cabaña.
Las gotas de lluvia chocaban contra el vidrio
y el cielo estaba lleno de nubes grises.

—¡Que día más horrible! —dijo Cristina—.
Al menos este cuarto es cálido y acogedor.

Cristina miró alrededor de la pequeña habitación. Apenas había espacio para una cama de bronce con un endredón de parches, un cómodo sillón y un viejo estante de libros.

—Ya sabes cómo es el clima en Lluvia Mágica —señaló Raquel—. Cambia a cada rato. A lo mejor sale el sol en un momento y empieza a hacer calor.

Las chicas habían llegado a la isla Lluvia Mágica a pasar una semana de vacaciones. La familia Walker estaba hospedada en la cabaña La sirena mientras que la familia Tate estaba hospedada en la cabaña El delfín. Las cabañas estaban una al lado de la otra.

Cristina frunció el ceño.

—Sí, pero ¿qué pasará con Tinta, el hada índigo? —preguntó Cristina—. Tenemos que encontrarla hoy mismo.

Raquel y Cristina compartían un gran secreto. Habían prometido encontrar a las siete hadas del arco iris, que eran quienes le

daban color al Reino de las Hadas. El malvado Jack Escarcha las había expulsado del Reino y ahora se encontraban en la isla Lluvia Mágica. El Reino de las Hadas continuaría siendo un lugar frío y gris hasta que las hadas regresaran a él.

Raquel pensó en Rubí, Ámbar, Azafrán, Hiedra y Celeste, que ya estaban a salvo en la olla al final del arco iris. Ahora, tenían que encontrar a las dos hadas que faltaban: Tinta, el hada índigo, y Violeta, el hada violeta. Pero ¿cómo las encontrarían si estaban atrapadas en una habitación?

—¿Recuerdas lo que dijo la Reina de las Hadas? —preguntó Raquel.

—Dijo que la magia llegaría a nosotras —respondió Cristina.

De repente, la chica empezó a preocuparse.

—Quizás la lluvia la creó Jack Escarcha con su magia. Quizás está tratando de evitar que encontremos a Tinta —dijo.

—Ay, no —dijo Raquel—. Espero que pronto deje de llover. Pero ¿qué vamos a hacer mientras tanto?

Cristina pensó por un momento. Luego, se dirigió al estante lleno de polvo y de libros viejos. Eligió un libro tan grande que tuvo que sostenerlo con las dos manos.

—*El gran libro de cuentos de hadas* —leyó Raquel en voz alta.

—Si no podemos encontrar a las hadas, al menos podremos leer sobre ellas —dijo Cristina sonriente.

Las chicas se sentaron en la cama y se dispusieron a leer. Cristina estaba a punto de abrir el libro cuando Raquel señaló algo.

—¡Cristina, mira la portada! —dijo—. Es de un morado tan intenso que parece...

—Índigo —susurró Cristina—. ¿Crees que Tinta pueda estar atrapada en el libro?

—Vamos a ver —dijo Raquel—. Apúrate, Cristina, ábrelo.

Pero Cristina no se movía.

—Raquel —dijo la chica temblando—, está *brillando*.

Raquel miró con atención. Su amiga tenía razón. El libro brillaba con una luz morada tan profunda que parecía azul.

Cristina abrió el libro. La tinta en las páginas era de un índigo brillante. Por un instante pensó que Tinta saldría volando de las páginas, pero no vio rastro de ella. En la primera página vio un dibujo de un soldado de madera. Arriba del dibujo decía:
El cascanueces.

—Conozco este cuento —dijo Raquel—. En Navidad fui a ver un ballet sobre esta historia.

—¿De qué se trata? —preguntó Cristina.

—A una chica llamada Clara le regalaron un soldado de madera en Navidad. Era un cascanueces —explicó Raquel—. El soldado

cobra vida y se lleva a Clara al Mundo de Ensueño.

Las chicas miraron los colores vivos de un dibujo de un árbol de Navidad. Una niñita estaba dormida junto al árbol abrazando a un soldado de madera.

En la página siguiente, había un dibujo con copos de nieve que caían en un bosque oscuro.

—¿Verdad que los dibujos son espectaculares? —dijo Cristina—. La nieve parece real.

Raquel frunció el ceño. Por un momento pensó que la nieve se movía. Con mucho cuidado, tocó la página. Estaba fría y húmeda.

—Cristina —susurró Raquel—. ¡Es de verdad!

La chica levantó la mano y le mostró a su amiga los copos de nieve que tenía entre los dedos.

Cristina volvió a mirar el libro. No podía creer lo que veía. La nieve empezó a flotar de las páginas del libro hacia la habitación, primero suavemente y luego rápidamente.

No te pierdas el próximo libro de la serie

Tinta, el hada índigo

y averigua si la tormenta de nieve es mágica.